爵士外傳

福爾摩斯
SHERLOCK HOLMES
—— ①黑獄風雲 ——

★★★★★★★★
Sherlock
Holmes
★★★★★★

SHERLOCK HOLMES

大偵探 M博士外傳
福爾摩斯
SHERLOCK HOLMES
① 黑獄風雲

無辜入獄

「所有牢房都走過一遍了嗎？」監獄監查官一臉疲態地問。

「連單身牢房在內，都走過一遍了。」胖胖的監獄長恭敬地答道。

「這個巡視制度真的有問題。」監查官抱怨道。

「何出此言？」監獄長好奇地問。

「不是嗎？剛才巡視了一個又一個牢房，聽了一個又一個囚犯的投訴，他們說來說去都**千篇一律**，不是申訴自己是無辜的，就是投訴伙食太差。」監查官歎了口氣說，「其實隨便抽選一個做代表，聽他一個說不就完事了？」

「是的、是的。」監獄長**點頭哈腰**，恭恭敬敬地回答，「確實如此，囚犯的要求確是**大同小異**，沒必要逐一探問。不過，制度如此，縱使明知白費氣力，我們也得逐一聆聽。」

「對了，這個**煉獄島**那麼大，連一個半個有趣一點

的囚犯也沒有嗎？」

「有趣的囚犯嗎？」監獄長想

了想，「有是有的，**土牢**裏關了

一個**瘋子**和一個**危險**的犯人，

但你沒有義務去看他們啊。」

「瘋子和危險的犯人嗎？」監查官精神為

之一振，**興味十足**地說，「反正

來了，帶我下去看看吧。」看

來，對這位監查官來說，巡視

監獄實在太過苦悶了，得找些

刺激才能感受到工作的意義。

「請你稍等一會。」監獄長說，「我要去多

找兩個人來，因為這些重犯有時會突然**施襲**，

為的不是想逃走或泄憤，只是想被判死刑，

一死了之。為了你的安全着想，我們不得不

防。」

「是嗎？」監查官更興奮了，「那麼，快派兩個人來吧。」

不一刻，監獄長找來兩個獄警，然後領着監查官下樓。

「**哇！好臭！**」監查官只是下了幾級樓梯，已不禁掩鼻叫道，「哎呀，被關在這種鬼地方還能活下去嗎？」

「怎會不能？」監獄長**輕描淡寫**地說，「能住上這種『高貴』地方的，當然不是**善男信女**。他們的生命力特強，就像蟑螂一樣，不管環境如何惡劣，也絕不會受到影響。」

「是嗎？我們現在要去看的是誰？他關在這裏多久了？」監查官好奇地問。

「算起來也有一年了。」

「一開始就關在土牢嗎？」

「不，本來是關在普通牢房的。」監獄長邊走邊說，「有一次他突然發瘋，意圖襲擊給他送飯的獄警。自此之後，就被關在土牢了。」

「襲擊獄警？」監查官感到震驚，連腳步也不禁慢了下來。

「對，幸好被我們制止了。」

「啊！他一定是瘋了。你說的瘋子就是他吧？」

「不，瘋子是另一個。」監獄長說，「這個是危險的那一個。但根據我的觀察，再關他一年，他肯定也會變瘋了。」

「是嗎？」監查官歎道，「瘋了也好，瘋了可以忘掉被關在這種地方的痛苦。」

「這倒不一定。」監獄長在一道鐵門前停了下來說，「距離這裏50多呎外的另一個土牢就關着一個**老人**，他就是完全瘋了。剛來時常常哭，現在卻常常**無緣無故**地大笑。更有趣的是，剛來時他急劇地**消瘦**，但最近卻開始**胖**起來了。不過，你放心，這個老人完全沒有危險性，聽他說話只會讓人發笑。要先看他嗎？」

監查官猶豫了一下，說：「不，先看那個**危險**的吧。」看來，他不想在監獄長面前顯得害怕。

「開門吧。」監獄長指了指面前的鐵門，向隨行的獄警說。

「**遵命！**」獄警應了一聲，就掏出鑰匙在鐵門的匙孔上轉動了幾下，然後「嘎嘰」一聲，把那道沉重的鐵門打開了。

透過通氣窗射進來的微弱陽光，監查官看到一個長滿了鬍鬚的囚犯坐在床邊的地上。那囚犯聽到了開門聲，馬上抬起頭來，往監獄長他們掃視了一下，然後把視線落在監查官的臉上。看樣子，他對這個陌生人的到來感到好奇。

「**唐泰斯！**監查官來看你了，有甚麼話要

說就快說。」監獄長高聲道,「記住,一年只
有一次這樣的機會啊。」

　　被喚作唐泰斯的囚犯眼底閃過一下嚇人的
光芒,並霍地站了起來。

　　兩個獄警見狀連忙衝前,把監查官和監獄長
擋在身後。

「**唐泰斯！不許胡來！**」監獄長喝道。

唐泰斯看來意識到別人對自己有所防範，於是退後一步，雙手合十，輕輕地鞠了個躬。

監查官懂得**鑑貌辨色**，他從唐泰斯的舉止中看出了其溫馴的一面。於是，他叫兩個獄警讓開，並趨前問道：「唐泰斯先生，你有甚麼投訴或要求嗎？」

「我沒有甚麼好**投訴**的，只是想知道我犯了甚麼罪，也想要求開庭審訊。」唐泰斯**字字鏗鏘**，「要是法庭認為我有罪，就判我死刑吧。要是我被判**冤枉**，就該馬

上釋放我。」

「你的**伙食**怎樣？好嗎？」監查官問。

「我不知道是好是壞，尚算過得去吧。」唐泰斯說，「但伙食的好壞毫不重要，最重要的是，你們不能讓一個**無辜**的人、一個被**誣告**的人死在獄中。」

「你是何時被捕的？」監查官問。

「**1846年2月25日**，下午2時。」

「今天是1847年7月30日……」監查官心算了一下說，「還以為有多久，你入獄才**17個月**罷了。」

「甚麼？才17個月罷了？」唐泰斯

壓制着怒氣說，「你說得太輕鬆了。對被關在這裏的囚犯來說，17個月就相當於**17年**，甚至**17個世紀**！而且，我是在新婚後第2天被捕的。我剛開始的美好人生，卻在一瞬之間就被**破壞淨盡**。我不知道深愛的妻子安否，也不知道老父的生死。監查官大人，請你可憐我吧！我不是要求你寬大處理，我是要求你執行嚴厲的法紀。**不是赦免，是審判！**我要求的是見法官！」

「好的。」監查官似乎被打動了，「讓我看看該怎辦吧。」

他說完後，湊到監獄長的耳邊輕聲說：「他說得也有點道理，待會上去後，讓我看看他的**入獄登記簿**。」

「對了，是誰下令拘捕你的？」監查官吩咐
完後，又轉過頭去向唐泰斯問道。

「**是維勒福先生**。」唐泰斯答道，「請
你去找他，聽聽他怎麼說。」

「檢察官維勒福先生
嗎？他在一年前已被調
到其他地方去了。」

「啊……原來如
此。」唐泰斯**呢喃**，「能保護我的
人已不在了……」

「維勒福先生與你有沒有**私怨**？」

「完全沒有，他對我很好。」

「那麼，我該相信他寫下的關於你的**評語**
吧？」

「**當然，你可以相信他。**」

　　「很好。那麼你等着吧，我會妥善處理
的。」監查官說完後，就與監獄長轉身離開。

瘋子的寶藏

「要馬上看 **入獄登記簿** 嗎？」一關上鐵門，監獄長就問道。

「不，先看看那個瘋子吧。」監查官擦擦鼻子說，「要是回到上面去，就不想再下來這個 **臭氣熏天** 的地方看瘋子了。」

「嘿，別擔心，這個瘋子跟剛才那個完全不同，一點也不陰沉。」

「是嗎？他是個怎樣的瘋子？」

「嘿嘿，**一言難盡**，總之就是又古怪又可笑。」監獄長笑道，「他常常說自己擁有一個 **寶藏**。剛來時，說甚麼要是政府肯釋放他的話，就願意捐出 **100萬鎊**。到了第二年，就

說捐**200萬鎊**$；第三年又加到**300萬鎊**$。總之就是逐年加碼，今年是第五年了，我估計他向你提出的金額是**500萬鎊**$。」

「哈哈，瘋得真有意思。」監查官不掩興奮地問，「這個囚犯叫甚麼名字？」

「他姓**莫里亞蒂**，喜歡把自己簡稱作『M』，據說以前是個學者，天文地理**無所不通**云云。」說到這裏時，他們已來到那個瘋子囚犯的囚室前。

監獄長打發兩個獄警離開後，一邊用鑰匙開門一邊向監查官輕聲說：「這瘋子沒有**危險性**，放心查問吧。」

說着，他已打開了鐵門。一道陽光正好透過

通氣窗射了進來，只見一個
老人趴在地上，手執一塊從牆壁剝下來的**石灰
塊**，在一個用石灰畫成的圓圈中，正**全神貫
注**地在畫着幾何圖形，好像正在計算一道幾何
數學題。

「M，轉過身來。」監獄
長揚聲叫道。

「**啊！**」老人被嚇了
一跳，連忙回過頭來。

「你有甚麼**投訴**或要
求嗎？」監查
官循例問道。

「我嗎？」老
人站起來答道，「要求嗎？
沒有啊。」

「你看來不明白我說甚麼。」監查官說，「我是監獄監查官，專門巡視監獄，工作是收集囚犯的要求或投訴，然後向上頭反映。」

「是嗎？那麼我有話要說，你一定要聽我細說從頭。」老人急忙道。

「又要開始了。」監獄長湊到監查官耳邊提醒了一下，然後向老人道，「嘿，我知道你想說甚麼，又是關於寶藏的事吧？我早已向監查官提過了。」

「是嗎？那就最好了，可以節省大家的時間。」老人直截了當地說，「500萬鎊！怎樣？」

「看！給我猜中了吧？」監獄長得意揚揚地說。

監查官苦笑了一下，向老人說：「老先生，政府並不缺錢，就算缺錢，也不會收你的錢啊。你還是留下來，待**出獄**時用吧。」

「問題是我能否等到出獄啊。」老人沒好氣地說，「要是你們一直把我關在這個**黑牢**裏，我又等不及而死了的話，那個寶藏就會跟隨我長眠地下了。所以，我的方案才能達致雙贏。這樣吧，**600萬鎊！**我願出600萬鎊，找到寶藏後餘下的歸我，沒有比這個更好的了！」

「你說的果然沒錯，他真是一個瘋子。」監查官低聲向監獄長說。

「**不！我不是瘋子！**」老人反駁，「我是**實話實說，並無虛言**！」

「對了，你對這裏的伙食有甚麼意見嗎？」監查官轉換了話題。

「寶藏就藏在100哩外的一個地方，不信的話去找找看，只是100哩而已，不會費你許多時間。」老人鍥而不捨地說。

「你對伙食沒意見嗎？」監查官再問。

「你可以把我關在這裏，然後派人去找，這樣的話，就不用擔心我逃走了。」老人繼續說，「不過，得先答應我找到寶藏後就放人。」

「你不想回答我的問題嗎？」監查官有點不耐煩了。

「你也不想回答我的問題吧？」老人

生氣了，「不想回答的話就請回吧。我正在計算一道很重要的**幾何題**，不要打擾我。」

聽到老人這樣說，監獄長不禁**咧嘴而笑**。

監查官感到掃興地搖搖頭，知道再說也沒有用，只好轉身離開。老人也沒理會他，又趴到地上，繼續算他的幾何題去了。

「看樣子，他深信那個所謂的寶藏是**真有其事**的呢。」監查官一邊走上樓梯一邊說。

「嘿，在這裏住久了，就會做**各色各樣**的夢。我估計他是在夢中看到了寶藏，想着想着就當成事實了。」監獄長笑道，「要是我們認真地看待他的話，就會跟他一樣，瘋掉。」

「哈哈哈，你說得有理。」監查官說，「還是去查閱一下資料，看看有沒有辦法幫助那個**唐泰斯**吧。」

在監獄長的帶領下，監查官去到獄長室，翻閱了**入獄登記簿**。可是，他在愛德蒙·唐泰斯的名字下面看到一段註腳：

狂熱的反皇室分子，曾參與策劃倫敦林蔭大道行弒案。對維多利亞女皇極其危險，故必須終身囚禁，不得釋放。

由於這段文字的**墨色**與其他文字的有顯著分別，很明顯是唐泰斯入獄後才加上去的。監查官知道，這一定是**有權有勢**的人的指示，為免惹上麻煩，他馬上把登記簿蓋上，並故意在監獄長面前說：「**證據確鑿**，無可辯駁。」

平反無望

　　監查官離開後，唐泰斯感到無比的興奮，他終於看到了平反的曙光。

　　「美蒂絲啊！爸爸啊！我終於可以回去與你們團聚了！」

唐泰斯在心中激動地呼喚，婚禮當日的場景又歷歷在目地重現眼前。

「愛德蒙，你實在太幸福了。」**唐格拉爾**握着唐泰斯的手祝賀，「19歲就**升任船長**，又**娶得美人歸**，相信你是全倫敦最幸福的人呢。」

唐格拉爾是貨船法老號的**司庫**，與大副唐泰斯是同僚，兩人雖然在工作上時常**意見不合**，但他的祝賀非常真誠，令唐泰斯感到很愉快。

「是啊。」美蒂絲的表哥**費爾南**也走過來，以開玩笑的口吻說，「你這個幸福的傢伙，一定要好好對待美蒂絲啊！否則我**不會放過你**。」

唐泰斯知道，費爾南也深愛着美蒂絲，但美蒂絲選擇了自己，傷透了這個表哥的心。不

過，他肯出席婚禮，還毫不尷尬地走過來開玩笑，看來已從失戀中回復過來了。唐泰斯衷心地感謝他有這麼大的**氣量**。

「愛德蒙，你現在**成家立室**了，又當上了船長，不論工作上和家庭上的責任也比以前大得多了。記住，一定要好好地照顧妻子，認認真真地工作啊。」**體弱多病**的父親也**千叮萬囑**。

　　婚禮在賓客的祝賀聲中圓滿結束。唐泰斯帶着新婚妻子回到新居，度過了幸福又甜蜜的一晚。

　　第二天，美蒂絲一早起來弄好了豐富的早餐，然後走到床邊說：「愛德蒙，是時候起床

了。」

「啊！早安。」唐泰斯睜開眼睛笑問，「新婚才第一天啊，昨天招呼賓客已累得要死，睡晚一點也不行嗎？」

「不行！」美蒂絲嬌嗔地說，「第一天是新生活的開始，怎可以賴床？我已弄好早餐了，快起來吧。」

「哇！好嚴厲的媳婦呢。」唐泰斯假裝抱怨，「怎麼辦？怎麼辦啊？這是一生一世啊，難道我往後的一生都要受到這麼嚴厲的監管嗎？」

「對，你一生一世都會受到我的監管。你

已發誓照顧我**白頭到老**，現在後悔已太遲了。」美蒂絲也打趣道。

「好吧！好吧！」唐泰斯一個翻身從床上跳下來，俏皮地說，「我願意一生一世受你的監管，直到**地老天荒**。」說着，他就摟着美蒂絲的頸項，情深款款地凝視着她。

就在這時，門外突然「**砰砰砰**」地響起了一陣急促的拍門聲。

「**我們是警察！**愛德蒙·唐泰斯在嗎？快開門！」

「吃飯時間到囉！」門外的叫聲打斷了唐泰斯的思緒。接着，響起了幾下扭動鑰匙的聲音，鐵門就被「嘎嘰」一聲推開了。一個獄警走了進來，把盛着飯菜的鐵盆子往破桌子上

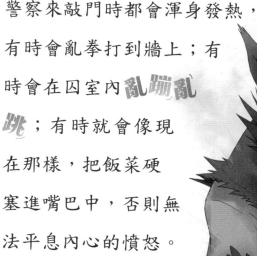

一擱，說了聲「吃吧」，就「砰」地關上門走了。

唐泰斯馬上拿過鐵盆子，**狼吞虎嚥**似的把飯菜扒進口中。他每次想到警察來敲門時都會渾身發熱，有時會亂拳打到牆上；有時會在囚室內**亂蹦亂跳**；有時就會像現在那樣，把飯菜硬塞進嘴巴中，否則無法平息內心的憤怒。

「不！不能這樣！我必須冷靜下來。」唐泰斯對自己說，「監查官已答應重新審視我的案子，只要他為我爭取開審，法官一定會知道這是冤獄，一定會為我平反！」

他深深地吸了一口氣，把憤

怒壓下去。接着，他撿起一塊從天花板掉下來的石灰塊，往牆上寫上了這天的日期——1847年7月30日。監查官的視察為他重燃了希望！他一定要記下這個日子，因為它象徵着新的開始，那就像登山觀日出的起點，只要從起點**一步一腳印**地往上攀，就會到達山頂，就能看到日出的光明。

此後，他每天起床，就在這個日期下面劃上一畫，一日復一日，劃呀劃，一直劃了365畫。

就這樣，一年過去了。這天，當他正想劃下第**366畫**時，卻收到了一個消息——監獄長被調走了。監查官也沒來土牢進行一年一度的探訪，他知道，自己已被徹底地**拋棄**了。

新來的監獄長還下了個命令，所有囚室都被編上一個**編號**，囚犯的名字也被囚室的編號取代了。這個不幸的年輕人已不再是唐泰斯，甚至不再是一個人，他只是一個號碼——**34號**。

在絕望之中，唐泰斯內心的憤怒又回來了。他**咒罵上天**、**咒罵吹過的**一縷微風、**咒罵**一粒沙、**咒罵**一

根麥草，而咒罵得最激烈的，就是他自己。

最後，他連**食慾**也沒有了。他悄悄地把獄警送來的飯菜倒出通氣窗，他要把自己的性命**消磨殆盡**，這是他惟一能做到的反抗。過了一個星期，不吃不喝的他連站起來倒掉飯菜的氣力也沒有了。他睜着眼躺在床上，看到天花板上浮現出一行一行閃亮的文字。啊！他認得那些**字跡**，檢察官維勒福給他看過，那就是摧毀他的人生，把他打進這個土牢的**告密信**。這是**幻視**嗎？想到這裏時，他發覺天花板已逐漸變得模糊，本來的胃痛也不痛了，他意識到自己已開始陷入全身**麻痺**的狀態了。

「啊⋯⋯我快死了⋯⋯啊⋯⋯我終於可以脫離痛苦了⋯⋯」唐泰斯迷迷糊糊地想着。然而，就在這時，他聽到了一陣非常微弱的、窸窸窣窣的聲響。開始時，他以為這是幻聽。可是，這個聲音連續不斷，足足持續了三個小時。最後，他聽到「啪嗒」一下仿似甚麼掉在地上的聲音後，那些窸窸窣窣聲才戛然而止。

「那是甚麼聲音？」唐泰斯心裏想，一絲好奇把幾乎已熄滅的生命之火點燃了，他豎起耳朵全神貫注地細聽。不一刻，那個窸窸窣窣的聲音又響起來了。但這次顯然比剛才來得更

響亮，他感到聲響就像來自床下。不！是來自床下的牆壁！

唐泰斯想到這裏，不禁精神為之一振。他感到自己的心臟怦怦亂跳！

「**有人在挖地道！有人想逃獄！**」唐泰斯興奮莫名。

啪噠！

M先生

就在這時，獄警打開了鐵門，如常那樣把一盆飯菜放到破桌子上。為了蓋過那些窸窸窣窣的聲響，唐泰斯用盡了氣力跳下床，一手抓起湯碗，故意「咕嘟咕嘟」地把湯灌進口中。

「哼！簡直就是**餓鬼**。」獄警以鄙視的語氣罵了一句，就關上門離開了。

唐泰斯鬆了口氣，馬上把剩下的湯一喝而盡。接着，他把飯菜扒進口中，**狼吞虎嚥**地吃起飯來。他知道，要是再不吃東西的話，神志就會不清，亦無法思考那個聲響的含意了。

不一刻，他已把飯菜吃個清光，本來仿似被**迷霧**籠罩的腦袋也逐漸**清晰**起來。

「接下來該怎辦？」唐泰斯冷靜地思索，「對！要**敲**一下牆壁，看看對方有甚麼反應。要是真的在**挖地道**，對方一定會被嚇得停下來。但到了夜晚，對方必定又會繼續挖。」

　　想到這裏，唐泰斯提起凳子，然後用凳腳使勁地往**窸窸窣窣**的地方撞了一下。**不出所**

料，那個聲響馬上停止了。他把耳朵貼到牆上細聽，一小時過去了，兩小時過去了，再也沒有半點聲音響起。

「嘿嘿嘿，真的是有人在**挖地道**呢。」唐泰斯心中暗喜。

可是，一天過去了，兩天過去了，到了第三天，牆壁的後面仍然一片**死寂**，一點聲音也沒有。漫長的等待雖然令人心焦，但唐泰斯連續吃了三天飯後，已回復了精力。他本來就沒事

幹，除了吃飯之外，他無時無刻都把耳朵貼在牆上，全神貫注地留意牆壁後面的變化。

「唔？」唐泰斯赫然一驚，雖然沒聽到聲響，但他的耳朵感覺到牆後傳來了一下低沉的"搖動"。他連忙擦了一下耳朵，然後再貼到牆上。這時，一下輕微的"搖動"又傳到他的耳中，接着又一下，又一下……

「嘿！那傢伙一定不敢再用鑿子，改用撬樁之類的工具了。」唐泰斯心中竊笑，並決心幫對方一把。

他挑了床後牆壁最下方的一塊大石，然後在囚室中到處找，看看有沒有工具可以刮走大石邊緣上的水泥。但全部家具只有一張床、一張凳子、一張破桌子、一隻桶和一隻盛水用的瓦罐，根本就沒有可用的工具。在無法可想

之下，他打爛了瓦罐，挑了幾塊比較大的碎片藏起來。他知道，只要訛稱不小心把瓦罐打爛了，獄警是不會起疑心的。

到了夜晚，他悄悄地把床挪開，在床後面

工作起來。叫他感到意外的是，要刮去牆上的<u>水泥</u>原來沒有想像般困難，只是工作了一晚，他已把**大石**其中一邊的水泥刮走，並從通氣窗把泥粉丟到外面去。他知道，通氣窗下面就是**懸崖**，沒有人會發現那些可疑的水泥。

就是這樣，唐泰斯連續幹了三個晚上，終於刮去了整塊大石四邊的水泥。他進行這工作時才發現，原來大石的四邊並不整齊，有缺損的地方都是用**碎石**補上，然後再封上水泥的。所以，只要把水泥*刮*去，就很容易把那些碎石**剝**下來。

不過，當刮水泥的工序完成後，他必須用一

個較長的工具插進石縫中把**大石**挖出來。不用說，瓦罐的碎片是不管用的。

「**怎麼辦？**」他沉思片刻，一個點子突然掠過腦際，「有了！那口**平底鍋**！那口平底鍋不是連着一隻長長的**鐵柄**嗎？」

他記得，獄警送餐來時，除了飯菜之外，都會用一口平底鍋盛着湯端來。當進入囚室後，獄警才會把湯倒進囚室固有的湯碗中。按分派的順序，獄警通常把最後的湯分給他。

「只要令獄警放下**平底鍋**，我就可以用那

45

鐵柄來挖牆了，而且可以足足挖一個晚上！」

唐泰斯心生一計，他故意把湯碗放在門口附近，等待獄警上鈎。果然，獄警一進來，就「嘡啷」一聲把湯碗踏碎了。

「哎呀！你怎麼把湯碗放在這裏？看！都粉碎了。」獄警罵道。

「對不起，忘了收拾。我用平底鍋喝湯就行了，你明天再給我拿個新的湯碗吧。」唐泰斯連忙道歉。

「哼！真麻煩。」獄警嘀咕着把平底鍋放下，然後關上門走了。

「嘿嘿，果然**不出所料**。」唐泰斯暗笑，「這傢伙長得胖，要他爬兩次樓梯會要了他的命呢。」

就這樣，唐泰斯把工具弄到手了。他連夜工作，把鐵柄插進大石的**縫隙**中，把縫隙中的水泥挖去了一大半。可是，通氣窗透進來的**晨光**讓他知道已天亮了。

「**糟糕**。」唐泰斯趕忙停工，清理好挖出來的碎石後，把床推回原位，然後倒在床上假裝睡着了。

十來分鐘後，獄警開門走進來，把一個麵包放在桌子上。

「喂！還在睡嗎？不吃早餐了？」獄警問。

唐泰斯假裝被叫醒似的，揉揉眼睛，指一指桌上的平底鍋說：「那個還給你。但我的湯碗呢？你沒帶來嗎？」

「湯碗？」獄警罵道，「這兩天你打爛了一隻瓦罐和一個湯碗，還以為我會給你新的湯碗嗎？從今天開始，你用平底鍋喝湯吧。」

「這⋯⋯」唐泰斯裝出有點委屈的樣子。

「嘿嘿嘿，你不會把平底鍋也砸爛吧？」獄警冷笑了一下，就關門離開了。

唐泰斯待獄警走遠了，興奮得**手舞足蹈**地亂跳，又舉頭向天花板發出無聲的呼喊：「*哇哈哈！天助我也！*原來上天還沒有忘記我，竟讓那個傻瓜為我送來這麼一份大禮。有了這口平底鍋，我簡直就是**如虎添翼**啊！」

他不管白天還是黑夜，一算準了機會就挖。終於，過了幾天後，他挖出了那塊大石，牆上露出了一個約**一呎半長的洞**。不過，他也注意到，當自己開始用鐵柄挖牆後，牆後面那個不知名的囚犯已停止了工作，看來對方已察覺到這邊的動靜，正在**靜觀其變**。

唐泰斯理解這個反應，但他自己沒有停下來

的理由，挖出大石後仍不斷地挖。可是，他只挖了一會，就發覺前面好像有一塊**堅硬**的東西阻擋着，挖了幾下也挖不出甚麼來。

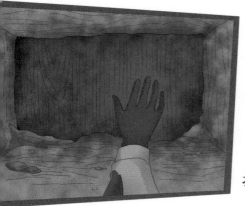

他用手伸前摸了摸，心中不禁驚呼：「啊！那是一根**樑木**！」

這根樑木完完全全地把他的前路**擋**住了！

「天呀！你是在戲弄我嗎？你賜我一隻鐵柄，令我**欣喜若狂**，現在卻把一根樑木橫架在我的面前，你其實是想我在絕望之中死亡

嗎？天呀！你太無情了！」唐泰斯趴在自己挖出來的洞中悲呼。

「誰在**呼天搶地**？」一個聲音忽然響起。

「啊！」唐泰斯赫然一驚，「我……我是否聽到甚麼人在說話？」

「喂，我在問呀！是誰在**呼天搶地**？」那個聲音又響起。那是從地底傳來的聲音，顯得又低沉又恐怖，就像從**墳墓**下面傳上來似的。

「啊……」唐泰斯又被嚇了一跳，但他馬上由驚變喜，因為他已好久沒聽到**陌生人的聲音**了。這個聲音，仿似在他的內心打開了一扇通往神秘世界的窗。

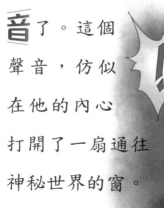

「請問……請問你是誰？」唐泰斯⟨戰戰兢兢⟩地問。

「你又是誰？」地底傳來的聲音問。

「我是個無辜的囚犯。」

「高姓大名？」

「**愛德蒙・唐泰斯**。」

「職業呢？」

「航海的。」

「甚麼時候來的？」

「1846年2月25日。」

「罪名呢？」

「我沒有犯罪。」

「是嗎？那麼受到甚麼指控？」

「策劃向維多利亞女皇行刺。」

「好屬害的指控呢。女皇死了？」

「沒有，行刺失敗了。你沒聽過女皇被行刺的事嗎？」

「我是1842年被關進這裏的。」

「原來如此……」唐泰斯心想，這個人比自己早了4年入獄，難怪不知道女皇被行刺的事。

「告訴我，你挖的洞在哪個位置？」那個聲音問。

「就在與地面齊平的位置。」

「不怕被獄警看見嗎？」

「在床的下面，不容易發現。」

「你的囚室朝哪兒？」

「朝走廊。」

「走廊通往哪？」

「應該是通往院子。」

「哎呀！」那聲音輕歎。

「怎麼了？」唐泰斯問。

「我算錯了角度，挖錯了15呎，以為你那堵是城堡的外牆啊。」

「那麼，你打算怎麼辦？」

「不用擔心。你不要再挖了，先堵好你的洞，別讓獄警發現。」那個聲音小心地吩咐，「我會來找你的，靜待我的消息吧。再見。」

「喂喂喂！請先別走！」唐泰斯緊張地說，「請問你是誰？你叫甚麼名字？」

「我嗎？我是 27號 。」

「我問的是名字，難道你不信任我？」

「嘿嘿嘿，號碼與名字有何分別？怎能說我不信任你？」

唐泰斯想了想，確實如此，27號是囚室的編號，只要向獄警一說，被關在那兒的囚犯馬上就暴露身份了。

「你的聲音很年輕，你年紀不大吧？對嗎？」

「我被關進來時才剛滿19歲。」

「果然是個年輕人，年輕人沒機心，不懂得背叛別人，我更相信你了。」

「是嗎？謝謝你。」唐泰斯說，「但我討厭號碼，人應該有名字，我還是想知道你的名字。」

「嘿，你看來很**固執**呢。」那人說，「名字還是見面時再說吧，我喜歡別人簡稱我『M』，你就叫我『M』吧。」

「好的，M先生。」

「我們很快就會見面，等我的信號吧。」

「很快？即是甚麼時候？」

「要等機會，最快可能是**明天**。」自稱M的那個人說，「不能再說下去了，再見。」

唐泰斯明白這是**短暫的道別**，於是從洞中退了出來，小心地把大石塞回去，然後再把床推回原來的位置，把大石遮蓋起來。

他**來來回回**地在囚室中踱步,整個人沉浸於**難以言喻**的幸福之中。他從沒想過,只是跟一個陌生人談談話,竟然也可以令自己感到如此**欣慰**。反過來說,此刻,他才明白單獨囚禁對自己精神上的傷害。

「M一定是個很厲害的人,與他合作的話,說不定可以一起逃出去。」唐泰斯開心得**胡思亂想**,「就算逃不出去,至少也有一個同伴可以與我談談心,甚至一起向上天**祈禱**。」

睿智　老人

　　一宿無話。第二天，他一直**側耳傾聽**，只是聽到走廊傳來的一點雜音，也會令他猛地彈起來。可是，一天過去了，約定了的信號沒有響起。

　　第三天一早，獄警來過之後，唐泰斯實在無法等下去了，他把床挪開，當正想把大石挖出來時，忽然，牆後響起了「咚咚咚」三下均勻的敲擊聲。

　　「是信號！」唐泰斯

緊張得手心出汗，他連忙把大石挖出，並爬進洞裏問道，「**M先生**，是你嗎？」

「獄警走了嗎？」

「走了，他要傍晚才會再來。」

「那麼，我可以過來了？」

「**馬上過來吧！** 求求你！」

不一刻，唐泰斯雙手撐着的地面開始**顫動**，地面似乎要裂開了。他連忙退出洞去，果然，地面的泥土馬上往下掉，露出了一個**黑漆漆**的洞口。不一刻，一雙手伸了出來，然後是

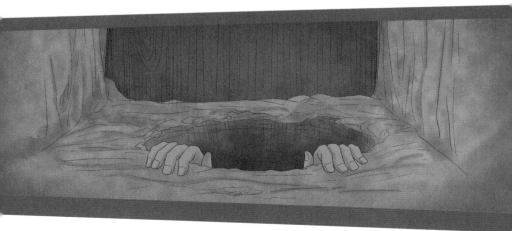

一個腦袋、一對肩膀……

　　最後，一個老人**完完整整**地出現在他的眼前。

　　唐泰斯太高興了，他就像遇到**久別重逢**的故友似的，把老人一擁入懷。

　　「哎呀……」老人嚷道，「你把我抱得透不過氣來啊。」

　　「啊，對不起。」唐泰斯鬆開緊抱的雙臂。

　　這時，他才注意到眼前的老人**滿臉皺紋**，

長長的**銀髮及腰**，身上的衣服是用幾塊布碎縫在一起的。腳下的鞋子更簡陋，只是用兩塊厚布和一條捆在腳腕的繩子**湊合而成**。不過，他兩隻大眼睛卻閃耀着充滿智慧的光芒，清瘦的臉容也顯現出一股**剛毅不屈**的氣度。

「我——」

「先別說話，我們**寒暄**的時間多的是。」老人搶道，「首先，我們必須隱藏所有我曾經來過的**痕跡**，不可讓獄警們發現絲毫線索。否則，你我的緣分就到此為止。」

說完，他俯身細看洞口，又仔細地檢查那塊被挖下來的大石。最後，他抬起大石，把它塞回洞裏。

「唔……」老人摸了摸鬍鬚說，「你的手工太**粗糙**了，沒有使用**工具**嗎？」

「哪來的工具？」唐泰斯訝異地問，「難道你有？」

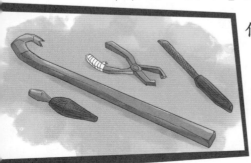

「當然有。全是自己弄出來的，有**銼刀**、**鑿子**、**鉗子**和**撬槓**。」

老人說着，從懷中掏出一個鑿子，「看，這就是**鑿子**，是用床上一片 卡子 和一塊 **木頭** 改裝而成的。我用它挖了足足50呎的地道呢。」

「**50呎！**」唐泰斯不禁驚呼。

「對，這是我的囚室與這裏的距離。」老人搖搖頭說，「可惜的是，我算錯了**弧度**，挖到你這裏來，沒想到挖了幾年還是徒勞告終。」

「那怎麼辦？」

「還能怎辦？這是**上天的旨意**啊。」老人臉上掠過失望的神色。

唐泰斯想了想，問：「請問你是誰？可以說說嗎？」

「我是意大利人，名叫**莫里亞蒂**，自幼

就有個綽號叫『M』。當人家稱我為『M』時，不知怎的，就會有種親切感。」老人說，「所以，你還是叫我『M』吧。」

「那麼，M先生，你進來之前是幹甚麼的？為甚麼被關到這裏來？」

「那些**前塵往事**不想細說了。」老人搖搖頭說，「我只能告訴你，我曾在大學裏教書，有**過目不忘**的能力，腦袋裏還記着幾千本書的內容。不過，現在卻被獄警們視作瘋子，真諷刺啊。」

「**瘋子？**」唐泰斯忽然想起，「我聽獄警說

過，有一個瘋了的囚犯總是說自己 家財萬貫，難道那個人就是你？」

「嘿嘿嘿，獄警對你也這樣說嗎？」老人苦笑，「沒錯，那個人應該就是我。但是，我可不承認自己是 瘋子 啊。」

唐泰斯沉默了一會，想通了就算與瘋子一起，也比單獨囚禁要好，於是問道：「你還打算逃獄嗎？」

「很難說，必須 重新計算，看看有多難才行。」

「那麼，你把我也算進去吧。」唐泰斯熱切地說，「你年紀這麼大了，也能挖通50呎，我 年輕力壯，相信花同樣時間

可以挖通100呎，成功的機會倍增啊。」

老人想了想，點點頭說：「說得也有道理，我們**合力**一起幹的話，應該還有希望。」

「太好了！」唐泰斯說，「我們**日夜趕工**，一起逃出去。」

「不，逃獄不能靠蠻勁，必須一邊**精耕細作**一邊耐心等待機會。」老人說，「當機會一到，就可能成功了。」

「等待？我已等待了很長時間，**百無聊賴**的囚禁生活已把我的意志差不多**消磨殆盡**。我不能再等了。」

「嘿嘿嘿，百無聊賴嗎？怎會啊！」老人笑道，「你看我

66

吧。我除了挖地道外，每天還要寫作做研究，

忙得要命呢。」

　　「寫作？你拿到筆和紙嗎？」唐泰斯詫異

地問。

　　「不，我自己弄的。」

　　「不可能吧！自己怎樣弄？」

　　「用鱈魚魚頭的軟骨呀。」老人說，「守

齋日時常可吃到這道菜，正好用它來製作筆。

此外，我的囚室中有一

個荒廢了的壁爐，爐壁

仍佈滿黑灰，只要刮一

些下來攪和到星期日晚

餐的酒裏，就會變成上

好的墨水。」

　　「那麼，紙呢？」

「每年都會派發的兩件白色的**內衣**，不就是上好的紙張嗎？」

「太厲害了！」唐泰斯驚歎。

「嘿嘿嘿，有時想在文章中加些註釋，我還會戳破手指用**血**來寫呢。」老人狡黠地笑道。

「了不起！」唐泰斯**興味十足**地問，「可以帶我去你的囚室參觀一下嗎？」

「好呀，馬上去吧。」說完，他逕自鑽進洞中。唐泰斯見狀連忙尾隨而去。

爬過長長的**地道**，唐泰斯鑽進了老人的囚

室。

「現在是 **12時15分**，還有幾個小時可以聊。」老人站起來說。

「你有 **時鐘** 嗎？怎會知道時間的？」唐泰斯問。

「哪用時鐘，看看從通氣窗射進來的 **陽光** 就行了。」老人指着一排刻在牆上的 **刻度** 說，「地球是繞着太陽轉的，只要看看陽光照射到哪一條線上，就能知道現在幾點了。」

「原來如此。」唐泰斯不太明白老人說甚麼，只知道老人似乎對**天文學**也有相當認識。接着，老人把藏在舊壁爐裏的工具拿了出來，又說自己還用肥肉的脂肪自製「蠟燭」，和訛稱患了皮膚病向獄警騙取硫磺製成**火柴**。這麼一來，在晚上也可以寫作和挖地道了。這些都令唐泰斯感到不可思議。

「實在羞愧。」唐泰斯說，「我以前以為自己**見多識廣**，但現在看來，其實是個不懂事的**黃毛小子**。」

「嘿嘿嘿，年輕人通常有個毛

病，就是**自負**。」老人笑道，「你太年輕了，經歷有限，知識當然不及我這個老人啦。」

「不，除了航海之外，我的知識雖然不多，但我的經歷絕不簡單。」唐泰斯反駁。

「唔……也有道理，涉嫌策劃**刺殺女皇**嘛……這個經歷確實不簡單。」老人摸摸鬍鬚道，「對了，你說自己是被**冤枉**的，難道檢察官沒有好好調查就把你定罪了？」

「不，檢察官是個好人，他肯定有調查，但不知道在哪兒出了**岔子**，我才被送到這個煉獄島來的。」

「是嗎？你的檢

察官就算**明察秋毫**，也不可能對犯人特別好呀。你為何說他是個好人？」老人感到疑惑。

「因為他把不利我的證物燒了。」唐泰斯說，「而且，還是當着我的面燒的。」

「甚麼？」老人赫然一驚，「**他當着你的面把證物燒了？**」

「是啊，有甚麼不妥嗎？」

老人低頭沉思片刻，然後抬起頭來，以嚇人的目光盯着唐泰斯說：「**陷害你的不是別人，肯定就是那個檢察官！**」

「怎會……？」唐泰斯感到有如**五雷轟頂**！他與檢察官維勒福的對話情景迅即重現眼前……

惡魔 檢察官

「**進去吧！**檢察官要見你！」警察打開沉厚的木門，向已被銬上了手銬的唐泰斯命令。

唐泰斯瞥了一眼掛在門上的名牌，只見上面寫着「**德·維勒福**」。他這時仍未知道，這個名字將會改變他的一生，會為他帶來**無窮無盡**的痛苦。

Geiard de
Villefort

　　一踏進房間，唐泰斯就看到一個壯健的男人坐在桌子後，正低頭翻閱着文件。他身後是一個巨大的書架，上面排滿了厚厚的**法典**，為整個房間營造出莊嚴的氣氛，仿似要**震慑**每一個走進來的人。

「維勒福先生，犯人來了。」警察報告一聲後，就關上門退下了。

「維勒福先生，我——」

唐泰斯還未說完，檢察官已抬起頭來，以**陰沉的目光**盯着他，那對眼睛就像**磨了砂的玻璃珠**那樣，令人難以看透他在想甚麼。

「你是愛德蒙‧唐泰斯吧？」檢察官**木無表情**地問道。

「是的，檢察官大人。」唐泰斯怯生生地答道。

「記住，你的回答必須**準確無誤**，不可有丁點含糊，更不可有半句謊言。」檢察官那毫無感情的語氣中，隱隱然透出了一股**先殺予奪**的

氣勢。

「是的，大人。」

「你幾歲了？」

「19歲了。」

「被捕時在幹甚麼？」

「我在法老號上當大副，那是一艘三桅帆船。」

「不是問你的職業，是問你被捕那天正在幹甚麼。」

「啊⋯⋯那是我婚後的第一天，剛起床。」

「婚後的第一天？」

「是的，我娶了相戀三年的女孩子。」

檢察官維勒福疑惑地看着唐泰斯，他的眼神中流露出一絲搖動，一直繃緊的表情也有點鬆弛下來。看來，「婚後的第一天」這句說話觸動了他的心弦。

　　「說下去吧。」維勒福的語氣柔和了一點。

　　「大人，請問……請問你要我說甚麼？」

　　「真相呀，還用說嗎？」

　　「可是……我並不知道自己為甚麼被捕，不知從何說起。」

　　維勒福猜疑地看了唐泰斯一下，試探地問：「你對當今的政治有甚麼意見？譬如說，對皇室有甚麼看法？」

「你的意思是⋯⋯我的**政見**嗎？我才19歲，完全不懂政治，也沒有甚麼政見。」唐泰斯不知道檢察官為何**有此一問**，只好努力地回答，「我只關心我的父親，他的健康不太好。此外，我很尊敬船主莫萊爾先生，他讓我當上船長。還有就是，我深愛着美蒂絲，她不可以沒有我。」

維勒福**沉默地**凝視着唐泰斯，這是他的**慣**

用伎倆。他相信，沉默的無形壓力有時足以令人手足無措，甚至會令人主動把實情和盤托出。可是，唐泰斯的眼神太純粹了，完全不像在說謊。

「你對皇室沒有任何看法？」維勒福打破沉默。

「皇室？那是遙遠的世界，我並不相信童話故事中的普通人會遇上漂亮的公主。」唐泰斯回答。

「嘿嘿嘿……」老練的維勒福也被逗得笑了，他似乎已不相信眼前的年輕人犯了任何事，「那麼，你有仇人嗎？」

「仇人？」唐泰斯有點驚訝，「我的地位

低微，還沒有資格樹敵。我知道自己的性格有點衝動，但我對地位比我低的人都是很客氣的。」

「是嗎？但就算沒有仇人，也有人嫉妒你吧？你年紀輕輕就當上了船長，又娶得美人歸，很容易招來妒羨啊。」

唐泰斯低頭想了片刻，但最後仍搖搖頭說：「實在想不出來。其實我也不想知道惹誰妒羨，知道了反而會破壞大家的友誼。」

「嘿嘿嘿，年輕人，你太天真了。你必須無時無刻留意周圍的人啊，惹人妒羨的話，也會招來仇恨和報復。」維勒福已完全放下戒心了，「來，看一看

這封**匿名告密信**，認得信中的**筆跡**嗎？寫此信的人，很可能就是你的仇家。」說着，維勒福把桌上的一張信紙遞過去。

唐泰斯接過細閱，看到信中寫道：

檢察官大人，法老號帆船的大副愛德蒙·唐泰斯，據聞受已故船長勒克萊爾所託，將會送一封密函予倫敦的倒皇黨，謀劃行刺我們尊敬的維多利亞女皇。

為阻止亂黨危害皇室，請馬上將唐泰斯緝捕歸案。那封密函就是罪證，只要搜到密函，就能證明本人絕無虛言。

看完信後，唐泰斯激動地說：「我不認得信上的筆跡，但信中寫的完全是對我的**中傷**。不！是**誣告**！我不是**倒皇黨**，我不知道信裏為何這樣寫！」

「那麼，信中說你有一封來自已故船長的**密函**，那也是假的嗎？」維勒福問。

「不，那是真的。但那不是甚麼密函，只是船長在航程中途得了腦膜炎，他垂危時把**一封信**交給我，說如果他死了，就把信送到信封上的地址，收信人是**萊文森**先生。」唐泰斯說。

萊文森先生。

「甚麼？」聞言，維勒福的面色**劇變**，但他很

快就穩住了情緒，沒讓唐泰斯察覺。

「那封信在哪裏？」維勒福強裝鎮靜地問。

「就在被警察沒收的文件裏。」唐泰斯指一指維勒福桌上的**一抓文件**。

維勒福連忙解開捆綁文件的繩子找尋，他馬上就找到了**那封信**。

「找到了嗎？」唐泰斯問。

維勒福抬起頭來，冷冷地看了唐泰斯一眼，說：「**找到了**。」說着，他深深地吸了一口氣，然後從信封中抽出**密函**細閱。

「信中有提及謀反嗎？」唐泰斯問。

維勒福擺擺手，制止唐泰斯說下去。他的視

線在信紙上游移，

眼神透出了旁人難

以察覺的惶恐。

「你沒看過信中的**內容**嗎？」維勒福看完信後，抬起頭來問道。

「沒有。」唐泰斯說，「我只是負責**送信**，不會偷看內容。」

「那麼，你必定沒有給別人看過此信吧？或者說，有沒有其他人知道你會帶這封信給**萊文森先生**？」

「**當然沒有**，我從沒告訴別人有關這封信的事。」

「是嗎？」維勒福點點頭，又拿起信細看了一遍。

「**你肯定？**肯定不知道信中的內容？」維勒福看完信後，以充滿懷疑的眼神盯着唐泰斯問。

「**我可以發誓，絕對沒有偷看信的內容！**」唐泰斯不期然地提高了聲調。

「很好。」維勒福放下**心頭大石**似的走到壁爐旁邊，把信**一扔**，扔到爐火中去。

「**啊！**」唐泰斯大吃一驚，他沒想到檢察官竟會把信燒掉。

維勒福轉過身來，嘴角泛着微笑道：「唐泰斯先生，你是個誠實的人，我相信你。信中內容對你非常不利，我只能把信**燒**了，否則沒法保護你。不過，我不能馬上把你釋放，這是**程序問題**，必須把你關押一段時間，待完成了所有程序後，你就可以回家了。」

「啊！檢察官大人，謝謝你！」唐泰斯**喜**

出望外，「能夠遇上你這麼**英明**的檢察官，我實在太幸運了。」

「不用客氣。」維勒福堆起笑臉，但不忘加重語氣地提醒，「但你必須記住，程序上會有一位法官來審問你，你照直說就可以了，但**萬萬不可**提及這封信，否則我想幫你也**無能為力**。」

「好的，我明白。我死也不會提起這封信。」唐泰斯堅定地承諾。

「很好……很好……」維勒福回頭看了一眼已被燒成**灰燼**的密函，低聲地**自言自語**。

唐泰斯在壁爐的火光映照下，這時才看到，檢察官維勒福的額頭上，有幾顆閃閃發亮的**汗珠**。

冤罪真相

老人聽完唐泰斯的憶述後，沉思片刻後問道：「你不是說過，維多利亞女皇曾遭到行刺嗎？那發生在你被捕之前還是之後？」

「那發生在我被捕的一星期之後，我是偷聽到看守所的警察說的。」

老人深深地歎了口氣：「那個叫維勒福的檢察官說得對，你必須無時

無刻留意周圍的人啊，否則就很容易被別人陷害了。不過，諷刺的是，提醒你的人也是陷害你的人。」

「不會吧？他看來對我很好呀。」

「年輕人，你想想看，一個正直的檢察官會把手上的重要證物銷毀嗎？何況，對他來說，你只是一個沒有任何價值的嫌疑犯。」

「啊……我從沒想過這一點。」

「還有，就算要把證物銷毀，也不會堂而皇之地在嫌

疑犯的面前銷毀吧？」老人說，「看來，那封信令他感到非常**震驚**，非得馬上把它燒掉不可。」

「可是，一封信怎會令他感到震驚呢？」

「因為，那封**匿名告密信**所說的是事實，女皇後來遇刺證明了這一點。」老人輕捋了一下鬍鬚說，「所以，我估計你的船長可能是**倒皇黨**的人，他交給你的信肯定與**策劃行刺**有關。」

「要是這樣的話，檢察官為何把信**燒掉**呢？他應該馬上控告我參與策劃行刺才對呀。」

「沒錯，在正常的情況下確實如此。不過……」老人一頓，眼底閃過一下寒光，「如果信中內容對他**不利**的話，

他就不得不把信燒掉了。」

「對他不利？」

「例如，信中提及他認識的人，他為了保護那些人，就有極大**誘因**立即把信銷毀！要知道，倒皇黨成員不是**失勢**的**貴族**就是**意圖奪權**的**官僚**，檢察官身處官場，認識當中一些人並不奇怪。」

「原來如此……」唐泰斯沉思片刻，「現在想起來……他看信時確實好像**臉色突變**，而且額頭還滲出了**冷汗**。」

「不過，奇怪的是，為何有人知道船長把密函交了給你呢？」老人摸不着頭腦，「密函一事，是船長和你之間的**秘密**呀。」

「對……按道理是沒有人會知道的。」唐泰斯也不明白。

「對了，你被捕後，法老號的**船員**中，誰最有機會當上船長？」老人問。

「該是**唐格拉爾**吧？他是法老號的**司庫**，年資比我更高。」

「你與他的關係好嗎？」

「不太差，也不太好。」唐泰斯說，「為了船上的事，我曾與他爭執過幾次。」

「有些人很**記仇**，而你又奪去船長之位……」老人沉吟，「**他陷害你的嫌疑最大呢**。」

「啊！你這麼說的話，我記起了！」唐泰斯猛然醒悟，「我拿着信離開船長的臥室時，

在門口碰到唐格拉爾走過，他看起來還有點**慌張**！」

「唔……一定是他**偷聽**到你與船長的對話，在好奇之下，找機會到你的房間去**偷閱**那封密函。」老人推測。

「**沒錯！一定是這樣！**我把信放在抽屜裏，並沒有鎖好。」唐泰斯想了想，但又搖搖頭說，「不對，那封信是用**糨糊**封了口的，從沒被拆開過。」

「嘿嘿嘿，糨糊嗎？實在太簡單了。」老人說，「只要用水蒸氣把封口燙一燙，輕易就能打開封口。在看完信後，再用糨糊原樣封好，就神不知鬼不覺了。」

「可是……我認得他的筆跡，告密信並不是他寫的啊。」

「他可以找一個人幫忙代筆呀。不過，一般人不會做這麼卑鄙的事，除非……」

「除非甚麼？」

「除非那個代筆的人也想將你除之而後快吧。你想想看，船員裏有這種人嗎？」

「船員裏嗎？沒有呀，不論職位高低，我與他們的關係都很好。」唐泰斯陷入了沉思。

不一刻，他突然猛地抬起頭來嚷道：「我知道了！一定是曹爾南！他是美蒂絲的表哥，

也是我的情敵。在婚禮派對上，我看到他與唐格拉爾 **鬼鬼祟祟** 地在院子的角落談話。當時，綽號 **裁縫鼠** 的鄰居喝得醉醺醺地走過來對我說，他們兩人正在商討對付我，還說甚麼『**人紅果然招忌，證明你已經紅了**』。我當時還以為他喝醉了亂說話，沒想到居然是真的！』

「整個事情已很清晰了。」老人說，「唐格拉爾嫉妒你**着人先鞭**當了船長，費爾南怨恨你**橫刀奪愛**，而檢察官維勒福為了消滅罪證，只好把你打進黑牢，令你**銷聲匿跡**。一個掌握黑材料，一個發放黑材料，一個銷毀黑材料，三個人一起把你摧毀了。」

「豈……豈有此理！那三個可惡的壞蛋！」唐泰斯恨得**咬牙切齒**，「我一直以為他們都是好人，沒……沒想到……他們竟然是**人面獸心**的卑鄙小人！我一定要出去找他們報仇！把他們三個**碎屍萬段**！」

「很好！很好！你要保持着這個**鬥志**。」老人鼓勵道，「長時間被關在這裏，人的鬥志很容易被消磨殆盡，不要說逃獄，就算要活多幾年也不容易。但一旦有了鬥志，人就能**忍辱負**

重，克服一切困難。」

「**M先生！** 求求你！你一定要帶我出去！」唐泰斯抓着老人的肩膀叫道。

「不要激動，有堅強的鬥志雖然重要，但還要裝備好自己，否則成功逃獄也報不了仇。」老人安撫道。

「**裝備自己？** 還用裝備嗎？我出去殺了他們不就行了？」唐泰斯激動地說。

「**傻瓜！**」老人罵道，「殺人是要坐牢的，你那麼辛苦逃出去，豈不是**前功盡廢**？復仇有很多種方法，但首先還得裝備自己，**不學無術**是鬥不過陰險的檢察官的！明白嗎？」

「是的，M先生⋯⋯」唐泰斯被喝罵一頓後，終於冷靜下來，「我剛才得知真相後太激動了，請原諒我的**魯莽**。但你說裝備自己，在這個黑牢中又如何裝備？」

「嘿嘿嘿，有我呀。」老人狡黠地指着自己的鼻尖笑道，「從今天開始，你就是我的**乾兒子**，除了挖地道外，我會用畢生所學來教導你。只要你**勤奮好學**，在離開這裏之時，你將會天文地理**無所不通**！」

M先生 之死

從**洞悉真相**的第二天起，老人設計了包括數學、物理、化學、歷史文化和三種外語的課程，向唐泰斯授課。唐泰斯也**不負所望**，憑天賦的記憶力和理解力，只花了四年時間，就

把必須學的都學懂了。他已**脫胎換骨**，變成一個**學識淵博**的人。不過，仇恨的火焰亦愈燒愈烈，在不知不覺間，他的眼神亦逐漸染上了一抹**深沉的煞氣**。

與此同時，這四年間，他和老人已合力挖了一條通往院子的地道，正等候時機逃獄。可是，一天，老人到唐泰斯的房間商議逃獄細節時，卻突然按着頭顱大叫一聲「**啊呀**」，就倒在地上昏過去了。

「**M先生！**你怎麼了？不要嚇我呀！」唐泰斯大驚，拼命搖晃老人的肩膀。

在猛力的搖晃下，老人睜開了眼睛，他氣

若游絲地說：「我的好兒子……快……快把我

揹回去我的囚室。快……我不能死在這裏。」

「可是……你現在那麼虛弱……」

「傻瓜……別**婆婆媽媽**的，快把我揹回

去！」

「好吧。」唐泰斯看見老人**態度堅決**，只

好馬上把他揹起，然後好不容易地爬過長長的

地道，把他揹回囚室。

「兒子，我一直沒有告訴你。其實⋯⋯我的腦袋有病，五年前曾發作過一次，本以為死定了，但又不知怎的逃出了鬼門關。」老人躺在床上有氣無力地說，「不過，我知道這次⋯⋯這次逃不掉了⋯⋯」

「**不！乾爹！你一定會沒事的！**」唐泰斯哭喪着說，「你會康復的！」

「不⋯⋯我知道，我就是知道⋯⋯」老人說着，用力地指一指那個荒廢了的壁爐，「在壁爐頂有一塊可以剝下來的磚，你把磚剝下來，裏面藏了一張藏寶圖。去⋯⋯去把藏寶圖拿來⋯⋯快！」

「藏寶圖？」唐泰斯想起，老人常常自稱**家財億萬**，在一處秘密的地方藏了很多財寶。不過，他從沒當這是真的，以為老人只是**痴人說夢**，難道這次也是夢囈？

「你⋯⋯一定以為我病得**迷迷糊糊**，又在說瘋話吧？」老人苦笑道，「我現在還很清醒，你快把藏寶圖拿來吧。」

「好的。」唐泰斯只好按吩咐到壁爐去找，不一刻，他果然摸到一塊一剝就脫落的磚，也果然找到一張發黃的**手繪地圖**。

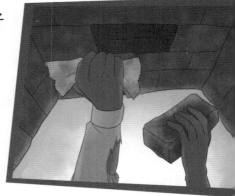

「是這張嗎？」唐泰斯把地圖交給老人。

老人以顫動着的手接過那張地圖看了看，然後把它**塞**回唐泰斯手上，並輕聲說：「你湊過

來，記住我的每一句說話。」

　　唐泰斯連忙湊過頭去，老人呢喃似的在他耳邊**低語**，那聲音雖然微弱，但唐泰斯把每句說話都聽得很清楚，並一一**記**在**心上**。

　　「嘿嘿嘿，祝你好運……」老人說完最後一句，就閉上眼睛，**含笑而逝**了。

　　就在這時，囚室外的走廊響起了由遠而近的腳步聲，唐泰斯知道獄警送餐的時間到了。他連忙鑽回地道中，再小心地把入口封好，然後在地道中**側耳傾聽**。

　　「嘰」的一聲，囚室的鐵門被打開了。

「**喂！**27號，吃飯啦！」獄警叫道，「怎麼啦？不起來吃飯嗎？」

唐泰斯 屏息靜氣 地聽着。

「呀！怎麼啦？你不是裝死吧？」獄警慌張地叫道，「**哎呀！真的死了呀！**」接着，「**砰**」的一下關門聲響起，然後又傳來一陣遠去的奔跑聲。看來，獄警是走去叫人了。唐泰斯只好懷着悲傷的心情，爬回自己的囚室中。

吃過獄警送來的飯菜後，他在床上 輾轉反側 地思索：「乾爹死了，我得靠自己越獄。但一切都是預算兩個人來執行的，我一個人行嗎？」

「**不行也得行！**我一定要逃出去，否則對不起乾爹！」唐泰斯**化悲痛為力量**，他下定了決心，因為他還要去報仇！

想到這裏，唐泰斯為了向老人道別，又悄悄地爬回老人的囚室去。在聽清楚沒有動靜後，他移開了大石鑽進囚室之中。

「啊……！」闖入眼簾的並不是老人的屍體，而是一個鼓起的**麻包袋**。看來獄警已安排

好**殮葬**，很快就會來把屍體搬走。唐泰斯連忙解開袋口的繩索，翻開袋子，在老人的額頭上**吻**了一下。

　　「乾爹，永別了！願你**早登極樂**！」唐泰斯含着眼淚說完，就拿起繩子，想把袋口——

　　可是，他的手卻**止住**了。

　　「**哇！好沉啊**！怎麼一個人死後會變得那麼重？」一個嘶啞的聲音說。

　　「嘿嘿嘿，證明我們這所監獄**好吃好住**，把囚犯都吃得胖成豬啦。」一個老牛聲說。

　　唐泰斯在麻包袋中屏住呼吸，用力繃緊全身

的肌肉，不敢絲毫郁動一下。他知道，要是給
獄警發現他偷龍轉鳳，把老人換成自己，一
定會被打個半死。

「一、二、三！」老牛聲喊了一下，唐
泰斯感到自己已被抬起了來。

「死老鬼！死後還要麻煩我們搬屍，真討
厭！」嘶啞聲不斷發牢騷。

唐泰斯感到搖搖晃晃的被抬上了樓梯，接
着又被抬着走了一段路。突然，一陣清新的空

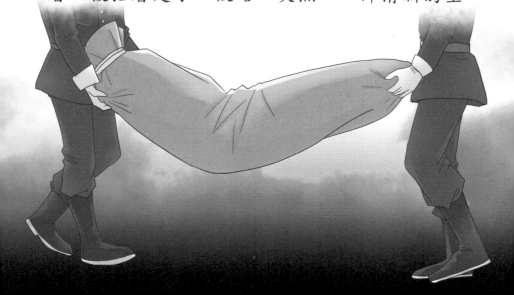

氣襲來，他知道已被抬到室外去了。他心裏已有準備，獄警會把他埋在<u>亂葬崗</u>之中，只要埋得不太深，到了夜裏，自己就可以挖開泥土逃走。所以，他手中緊握着一把<u>銼刀</u>，口袋裏還藏了一個<u>鑿子</u>，都是老人的遺物。

走着走着，他只聽到獄警的<u>喘氣聲</u>和愈來愈接近的<u>海浪聲</u>。看來，獄警走了這麼長的一段路已太過吃力，沒有閒情說話了。

「唔……？」唐泰斯正在疑惑會被抬到哪兒去時，忽然，兩個獄警停了下來。

「<u>*準備好了嗎？*</u>」老牛聲問。

「**準備好了。**」嘶啞的聲音答。

M先生之死

「**好！一、二、三！**」兩人同時高喊。

突然，唐泰斯感到被使勁地*搖盪*了一下，接着更被**凌空**拋了起來！

同一剎那，他察覺自己已急促地**下墜**，而一陣強大的海浪聲亦同時襲來！

「啊！完了！他們把我扔下懸崖了！」唐泰斯的內心恐懼萬分地高呼。

請問你貴姓名？

你叫我 M 吧。

唉……已幾個月沒客人了。

耐心等吧，會有的。

M？ 甚麼意思？

猜一猜吧。

唉……等得好苦啊。

別唉聲歎氣了。

難道你是 Murderer？簡稱 M？

太過分了！

我像殺人犯嗎？

唉……等到地老天荒了。

你再唉下去的話──

我只是很 MAN 罷了！

你就成為 I（唉）先生了！

M博士
秘密檔案

福爾摩斯的最大宿敵——M博士到底是甚麼人呢？只要繼續閱讀M博士外傳，你就會逐漸了解他的真貌。但在這之前，先從已公開資料了解一下他的犯罪集團，並一起回顧他跟福爾摩斯數度交手的場面吧！

✳ M博士 ✳

被稱為犯罪界的拿破崙，上至天文、下至地理，無所不通，智力與福爾摩斯不相伯仲。對他來說，福爾摩斯除了是敵人外，也是一個旗鼓相當的好對手，因為與福爾摩斯不斷鬥智，可以令M博士的頭腦保持最佳狀態。比起除去福爾摩斯，M博士更想和他一直玩下去，直至玩厭為止。

◀M博士的書房非常豪華，看來家財萬貫。

M博士的犯罪集團

✦ 約翰・克萊 ✦

倫敦四大盜之首。M博士的助手，被福爾摩斯識破爆竊銀行計劃。

✦ 湯肯・羅斯 ✦

M博士的助手，與約翰・克萊一起被捕。

✦ 奧肯父子 ✦

因生產劣質牛奶及殺人而被捕，後被M博士滅口。

✦ 戴維斯 ✦

高利貸放數人，因行動失敗而被M博士處死。

✦ 約翰・愛德華 ✦

M博士器重的殺手。因拒絕對小孩下殺手，而被M博士追殺。

✦ 伯爾隸・愛德華 ✦

M博士器重的殺手。約翰・愛德華的弟弟，身患肺癌。

✦ ??? ✦

M博士的貼身手下，負責報告大小事務。

✦ 艾琳・愛德勒 ✦

歌劇女歌手，曾被M博士追求，並手持與M博士的合照。

M博士 V

⑫ 智救李大猩

福爾摩斯在《驚天大劫案》中瓦解了約翰·克萊爆竊銀行的計劃，但原來M博士是該計劃的幕後黑手。懷恨在心的M博士，因此分別捉走了小兔子和李大猩，並特意通知福爾摩斯在限時內營救。

► 福爾摩斯的紅頸巾，是M博士所贈。

◄ 精通醫術的M博士用手術刀剖開李大猩的腹部。

⑯ 奪命的結晶

因為狐格森有份破壞M博士策劃的火車大劫案，所以被M博士擄走了。福爾摩斯依M博士指示去到海邊公園，發現滑梯、蹺蹺板、法式長棍麵包和巨石，到底福爾摩斯如何利用這些東西拯救狐格森呢？

▲ 麵包和蹺蹺板有甚麼關係？

⑰ 史上最強的女敵手

大偵探
福爾摩斯
SHERLOCK HOLMES
史上最強的女敵手

匯河：原著・改編　余遠鍠：繪圖
匯圖教育有限公司

為免容貌曝光，M博士利用福爾摩斯去奪回女歌手艾琳手上的照片。但沒想到艾琳棋高一著，不但把福爾摩斯玩弄於股掌之間，更將計就計將M博士手下一網打盡。

◀連M博士也難擋艾琳的魅力。

▶冒牌國王知道出賣M博士將不得好死，所以不認是M博士手下。

⑳ 西部大決鬥

大偵探
福爾摩斯
SHERLOCK HOLMES
西部大決鬥

匯河：小說　余遠鍠：繪圖
柯南・道爾：原著人物
匯圖教育有限公司

本集是福爾摩斯故事的「後傳」。福爾摩斯與M博士展開一場生死搏鬥，最終雙雙墮下瀑布同歸於盡。但三年後，竟有人在美國西部遇上一名與福爾摩斯極為相似的神秘槍客！

▼三年後的小兔子首度登場！

▲神秘槍客是否福爾摩斯呢？

34 美味的殺意

福爾摩斯受尋人專家夏普所託一起調查一宗失蹤案時,搗破了一間生產劣質奶工場。後來經過深入調查後,發現市面上的劣質奶、假酒、漂白麵包等,竟全由M博士的犯罪集團操控!

▶M博士染手黑心食品,令福爾摩斯怒不可遏。

特別版 死亡遊戲

M博士擄走夏普,妨礙他出庭指證。雖然福爾摩斯成功破解M博士謎題,救出夏普,但一切竟是M博士的佈局,真正目的是在審訊前把其手下奧肯父子殺人滅口。

▼利用金屬探測器找出地圖上的秘密。

▲M博士在這集戲份甚多,大家不要錯過。

S 福爾摩斯

㊸ 時間的犯罪

福爾摩斯推翻兇手的不在場證據，揭破一宗殺妻奇案。但沒想到，M博士竟然是整件事情的幕後主腦，指示手下威逼兇手殺人，並從中收取利益。眼見奪財失敗，M博士更將手下以家法處決。

◀M博士三番四次設計令福爾摩斯陷入險境，卻又不直接加害於他。福爾摩斯也不禁懷疑M博士有一段不為人知的歷史，才一直未對自己痛下殺手。

㊼ 古堡謀殺案

福爾摩斯調查一宗謀殺案時，發現事情竟與M博士麾下的兄弟殺手有關。因金盤洗手而被追殺的哥哥，及身患絕症的劊子手弟弟，為了逃避M博士的線眼而不惜走上絕路。

▼誰人膽敢背叛M博士，都會被處決。

▲M博士心狠手辣，連小孩也不會放過。

原著 / 大仲馬
（本書根據大仲馬《基度山恩仇記》改編而成。）

改編&監製 / 厲河　繪畫 / 陳秉坤

着色 / 陳沃龍、徐國聲　　封面設計 / 陳沃龍　　內文設計 / 麥國龍

編輯 / 郭天寶、黎慧嫻、蘇慧怡

出版
匯識教育有限公司
香港柴灣祥利街9號祥利工業大廈2樓A室

承印
天虹印刷有限公司
香港九龍新蒲崗大有街26-28號3-4樓

發行
同德書報有限公司
九龍官塘大業街34號楊耀松（第五）工業大廈地下
電話：(852)3551 3388　　傳真：(852)3551 3300

第一次印刷發行
第三次印刷發行
Text：©Lui Hok Cheung

2019年12月
2022年10月
翻印必究

想看《大偵探福爾摩斯》的
最新消息或發表你的意見，
請登入以下facebook專頁網址。
www.facebook.com/great.holmes

購買圖書

ISBN:978-988-79705-7-6
港幣定價 HK$60
台幣定價 NT$300

發現本書缺頁或破損，
請致電25158787與本社聯絡。

網上選購方便快捷　　購滿$100郵費全免
詳情請登網址 www.rightman.net

大偵探福爾摩斯全彩色漫畫版

第 1 集
吸血鬼之謎

第 2 集
史上最強的女敵手

第 3 集
驚天大劫案

第 4 集
逃獄大追捕

第 5 集
逃獄大追捕 II

第 6 集
美麗的兇器

第 7 集
幽靈的哭泣

第 8 集
沉默的母親

第 9 集
瀕死的大偵探

第 10 集
無聲的呼喚

第 11 集
解碼緝兇

第 12 集
連環失蹤大探案

特別強調對白中的四字成語，
設附錄專欄詳盡講解，
還有小遊戲，令你學得更輕鬆！

看精彩推理故事，
同時學習英文！！

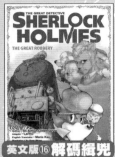

英文版⑰ 連環失蹤大探案

英文版⑯ 解碼緝兇

英文版⑮ 蜜蜂謀殺案

英文版⑭ 瀕死的大偵探

英文版⑬ 沉默的母親

英文版⑫ 史上最強的女敵手

英文版⑪ 奪命的結晶

英文版⑩ 無聲的呼喚

英文版⑨ 驚天大劫案

英文版⑧ 美麗的兇器

英文版⑦ 智救李大猩

英文版⑥ 肥鵝與藍寶石

英文版⑤ 女明星謀殺案

英文版④ 吸血鬼之謎

英文版③ 逃獄大追捕 II

英文版② 逃獄大追捕

英文版① 幽靈的哭泣

ploy (名) 行動   dubious mongrel (形+名) 可疑的雜種狗 (用作罵人的說話)
geezer (名) 老頭子   project(ing) (動) 投射·發射   grudge (名) 積怨   panic (名) 恐慌
trigger (名) 槍的扳機   resonate(d) (動) 回響

每頁底部均附有較深生字的中文
解釋，令你讀得更清楚明白！